115cm

94cm

71cm

66cm

53cm

41cm

歡迎光臨企鵝餐廳

飆飆先生／文・圖

這年的夏天，大街上開了一間餐廳，

不知道是不是因為全新裝潢，
整個環境都讓人耳目一新，
路過的人都很好奇裡面在賣些什麼？

去探一探究竟吧！

一進到店裡，傳來一陣陣涼爽的風，
簡直是炎炎夏日裡的天堂。

仔細一看，
才發現店內裝潢都是用冰塊堆砌而成的，
推開門就看到屋內透著閃亮亮的光芒，
讓客人心情大好。

「歡迎光臨！」

許多黑白的身影從吧檯後面跳了出來。

6

胖胖的身軀、短短的腳、
在地上滑行的肚子和
不會飛的翅膀,
這是企鵝們開的餐廳!

8

企鵝們搖搖擺擺地走了過來，
「歡迎光臨企鵝餐廳！我是本店代表——國王企鵝。」

「客人是第一次用餐嗎？我們餐廳是以指定企鵝的方式點餐，
不同的企鵝廚師將會帶給客人不一樣的用餐體驗。」

「請參考我們的主廚菜單來挑選喜歡的菜色吧！」

皇帝企鵝是可以潛最深的企鵝廚師！
擅長潛水的皇帝企鵝，
從深海中帶來最美味的魚和蝦做為主菜。

牠們雙腿間具有能在冰天雪地中保持溫暖的孵卵斑，
除了能保護蛋在寒冷環境中生存，
也能確保剛做好的餐點熱騰騰的上桌。

※ 側紋南極魚
（Pleuragramma antarcticum）

餐後甜點是以雛鳥的顏色做為發想的芝麻冰淇淋。
皇帝企鵝廚師習慣和夥伴群聚在一起生活，因此餐點的份量較大，
適合喜歡和朋友分享的客人。

阿德利企鵝是最懂得收集石頭的企鵝廚師！
牠們平時居住在浮冰上，到了繁殖季節才會到無冰的土地使用石頭築巢。
擅長收集並使用石頭的阿德利廚師，擁有建築師般的美感和設計品味。

餐後甜點是辣椒巧克力和牛奶交織的雙色冰沙，
如同阿德利廚師的個性一般，
甜美的外表下有著爆炸級的辣度，
適合很重視外觀的客人。

巴布亞企鵝是游泳游得最快的企鵝廚師！
有著紅色細長的嘴巴、雪白的眉毛與溫馴的個性，
以及在交配時會向對方鞠躬數次，
讓牠們看起來如紳士一般高雅，因此也被稱為紳士企鵝。

巴布亞企鵝將會展現華麗的泳技親自捕獲食材並加以料理，
再不疾不徐的為你端上色香味俱全的菜餚，好慰勞你一整天的辛勞！

餐後甜點是使用了杏仁奶的健康純素拿鐵冰沙，
杏仁的香氣與咖啡沉穩的口感，適合具有紳士風度的客人。

以岩礁作為繁殖地的頰帶企鵝是最大膽的企鵝廚師！
每次靠岸都可能被水流衝撞向岩石，可以說每天都在和水流抗爭。
牠們頭部下面有一條黑色的斑紋，看起來就像戴著頭盔一樣，所以又稱帽帶企鵝，
這樣的外觀很符合牠們善於抗爭的個性。

這次，頰帶企鵝廚師也會在急流中大顯身手，
為客人張羅新鮮的食材，帶來視覺衝擊強烈的菜色！

以跳跳糖巧克力雪糕做為餐後甜點，
苦甜味的雪糕參入刺激的口感，彷彿說盡了頰帶企鵝的一生，
適合喜歡挑戰的大膽客人。

黑腳企鵝是最吵鬧的企鵝廚師！
牠們會不停的發出聲音，是嗓門相當大的企鵝，
而且因為有著像公驢一樣的叫聲，因此也被稱做公驢企鵝。

黑腳企鵝是唯一居住在南非的企鵝，
因此帶來的家鄉特色菜餚與其他企鵝廚師完全不同。
搭配南非獨特風味的異國菜色，讓黑腳企鵝廚師為你高歌一曲。

SOUTH
AFRICA

餐後甜點是南非國寶茶與
當地特產水果醬所調配成的酸甜水果茶，
適合喜歡異國風的客人。

19

加拉帕戈斯企鵝是最會享受陽光的企鵝廚師！
牠們是唯一生於赤道上的企鵝，
所處的加拉巴哥群島受到洋流的影響，
當地氣溫低於赤道其他地區，
因此才能在熱帶地區快活的游泳、享受日光浴。

※海鬣蜥
（ Amblyrhynchus cristatus ）

※雀點刺蝶魚
（ Holacanthus passer ）

※側棒多板盾尾魚
（ Prionurus laticlavius ）

加拉帕戈斯廚師帶領你一起享受熱帶的美好，
體驗這個世界上最棒的小島及美麗的海底風景後，
一上岸就馬上為你獻上海鮮大餐！

餐後甜點是當地盛產的酥脆香蕉餅，
適合喜歡悠閒度假的客人。

長冠企鵝是最時髦的企鵝廚師！
長冠企鵝又名馬卡羅尼，是古希臘語「金色頭冠」的意思，
因為牠們頭上長著識別性極高的長長黃色冠毛，
可說是企鵝界的時尚代表。

長冠企鵝經常在山地面上築巢，再陡峭的山坡都不是問題，
那可是牠們走秀的最佳伸展台！

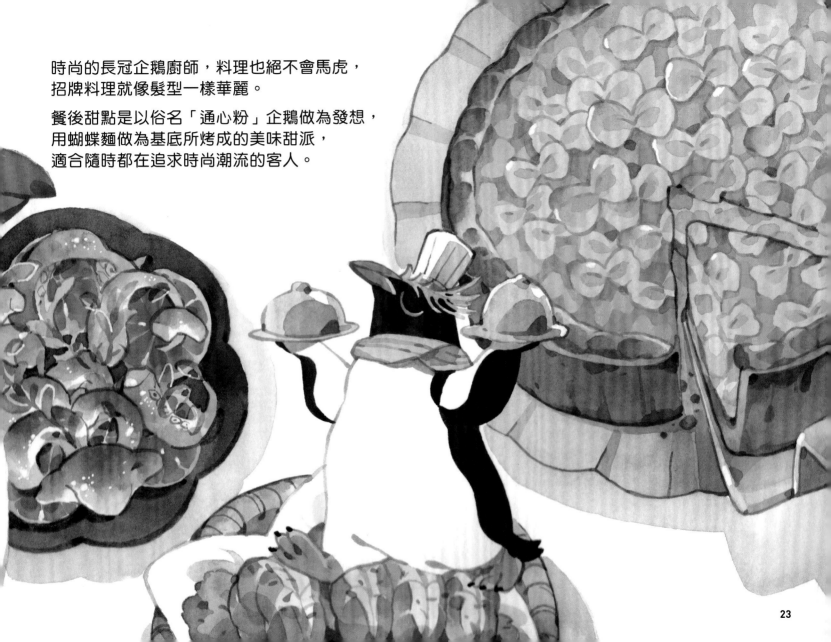

時尚的長冠企鵝廚師，料理也絕不會馬虎，
招牌料理就像髮型一樣華麗。

餐後甜點是以俗名「通心粉」企鵝做為發想，
用蝴蝶麵做為基底所烤成的美味甜派，
適合隨時都在追求時尚潮流的客人。

黃眼企鵝是最稀有的企鵝廚師！
全世界只剩 4000 隻的黃眼企鵝，
是企鵝科中唯一僅存、最古老的一屬，

牠們的學名意指「巨大的潛水者」，是體型較大的企鵝。
特別喜歡吃魚的黃眼企鵝，料理中也使用了大量的魚類，
將帶給你一場全魚響宴！

餐後甜點的帕芙洛娃來自黃眼企鵝廚師的家鄉 ── 紐西蘭。
以酥脆的蛋白酥為基底，加入鮮奶油和各種水果增添風味，
適合喜歡與眾不同的客人！

小藍企鵝是體型最小的企鵝廚師！
有別於其他的企鵝，牠的羽毛帶有藍色，因此被稱做小藍企鵝。
更特別的是，小藍企鵝的活動時間也和其他企鵝不同，
牠們經常在傍晚和凌晨集體活動，是夜行性的企鵝。

身材嬌小的小藍企鵝，料理走小而精巧路線，
雖然分量不多，但保證每一口都會讓客人回味無窮。

餐後甜點是由手工藍莓醬製成的小藍企鵝造型西點，
小小的一口點心，看起來就跟藍寶石一樣精緻，
適合心思細膩的客人。

「想想看，你適合點哪一種餐點呢？你又是哪一類型的客人呢？」

喜歡分享的人

相當重視外觀的人

熱愛挑戰的人

有紳士風度的人

喜歡與眾不同的人

喜歡追求時尚潮流的人

喜愛異國風的人

想悠閒度假的人

還是心思細膩的人呢 ？

「決定好要和哪位

主廚共度用餐時光了嗎？」

國王企鵝

學名：*Aptenodytes patagonicus*

- 體型僅次於皇帝企鵝的第二大企鵝，與皇帝企鵝分佈範圍通常不重疊。
- 與其他企鵝相比，背部毛色更接近灰色而不是黑色。

儘管國王企鵝與皇帝企鵝的成鳥外觀相似，雛鳥型態差異卻是相當大的。
國王企鵝的雛鳥毛色為褐色，皇帝企鵝則為灰黑色。

皇帝企鵝

學名：*Aptenodytes forsteri*

- 皇帝企鵝爸爸會把蛋放在腹部下的孵卵斑保溫，直到孵化。
- 群居性動物，每當氣候惡劣時，就會擠在一起防風取暖。

阿德利企鵝

學名：*Pygoscelis adeliae*

- 平時居住在浮冰上，到了繁殖期就會跑到無冰的陸地築巢。
- 會四處找尋適合的石頭築巢，以避免蛋直接接觸到地面。

頰帶企鵝
學名：*Pygoscelis antarcticus*

- 喜歡集中在半夜或正午，在離繁殖地不遠的地方潛水掠食。
- 因為頭部下面有一條黑色紋帶，所以又稱帽帶企鵝。

巴布亞企鵝
學名：*Pygoscelis papua*

- 游泳時速可達 36 公里，是游得最快的鳥類。
- 繁殖期時會以多次鞠躬的方式向對方求偶。

環企鵝

（包括黑腳企鵝、加拉帕戈斯企鵝、漢波德企鵝、麥哲倫企鵝）
臉上的粉紅色腺體可以幫助這些住在溫帶地區的企鵝降溫。

黑腳企鵝
學名：*Spheniscus demersus*

- 生活在非洲西南岸的企鵝。
- 吵架或繁殖時會非常吵鬧，由於叫聲像公驢，
  所以又名公驢企鵝。

加拉帕戈斯企鵝
學名：*Spheniscus mendiculus*

- 唯一野生於赤道北部的企鵝。
- 怕蛋被赤道的烈日烤熟，會把
  蛋安置在洞穴或石縫中。

長冠企鵝

學名： *Eudyptes chrysolophus*

- 名字源自「Macaronis」，在十九世紀初時，泛指一群打扮時髦的英國花花公子。
- 經常選擇在陡峭的山地地面上築巢。

黃眼企鵝

學名： *Megadyptes antipodes*

- 世界上最稀有的企鵝之一，也是現存最古老的企鵝。
- 90% 的食物都是魚類。

小藍企鵝

學名： *Eudyptula minor*

- 體型最小的企鵝。
- 群居性動物，經常在傍晚和凌晨集體活動。

歡迎光臨企鵝餐廳

2021年07月01日初版第一刷發行
2022年08月15日初版第二刷發行

著　　者　飆飆先生
編　　輯　鄧琪潔
美術編輯　寶元玉
發 行 人　南部裕
發 行 所　台灣東販股份有限公司
　　　　　＜地址＞台北市南京東路4段130號2F-1
　　　　　＜電話＞(02)2577-8878
　　　　　＜傳眞＞(02)2577-8896
　　　　　＜網址＞http://www.tohan.com.tw
郵撥帳號　1405049-4
法律顧問　蕭雄淋律師
總 經 銷　聯合發行股份有限公司
　　　　　＜電話＞(02)2917-8022